AF356087

## VENTE
# HOTEL DROUOT — SALLE N° 7
### Le Vendredi 23 Mai 1913
#### A 2 HEURES

EXPOSITION PUBLIQUE

Le Jeudi 22 Mai 1913



# OBJETS D'ART

## et d'Ameublement

## PORCELAINES, FAIENCES

### Tableaux anciens et modernes

### Tentures, Filets et Tapis

M<sup>e</sup> Hippolyte BONDU

COMMISSAIRE-PRISEUR

32, Rue Le Peletier, 32

M. Emile BERTIER

EXPERT

149, Avenue du Maine, 149

IMPRIMERIE    ARTISTIQUE
C. CHAUFOUR
3-4, Rue Bréa    PARIS (IX°)

# CATALOGUE

DES

# OBJETS D'ART & D'AMEUBLEMENT

## MEUBLES

### ANCIENS ET MODERNES

## PORCELAINES & FAIENCES

## BRONZES - MARBRES - TERRES CUITES

### OBJETS DE VITRINE

## TABLEAUX DES ÉCOLES FRANÇAISE ET ÉTRANGÈRES

## Gravures, Aquarelles, Pastels

## TENTURES, FILETS ET TAPIS

DONT LA VENTE AURA LIEU

## HOTEL DROUOT — SALLE N° 7

### *Le Vendredi 23 Mai 1913*

A DEUX HEURES

| Mᵉ Hippolyte BONDU | M. Emile BERTIER |
|---|---|
| COMMISSAIRE-PRISEUR | EXPERT |
| *32, Rue Le Peletier, 32* | *149, Avenue du Maine, 149* |

## EXPOSITION PUBLIQUE

**LE JEUDI 22 MAI 1913, de deux heures à six heures**

# CONDITIONS DE LA VENTE

Elle sera faite expressément au comptant.

Les acquéreurs paieront 10 o/o en sus des en-
chères.

L'exposition publique mettant le public à même de
se rendre compte de l'état et de la nature des objets,
il ne sera admis aucune réclamation une fois l'adjudi-
cation prononcée.

# DÉSIGNATION

---

## TABLEAUX

### AQUARELLES, GRAVURES

#### G. COURBET

1 — Paysage avec cataracte et moulin.

Haut.: 0$^m$65. Larg.: 0$^m$80

#### DAUDIN (Henry)

2 — Femme arabe se reposant dans une oasis.

#### BRETON (Martin)

3 — Paysage avec cours d'eau.

#### ANGLADE

4 — Paysage. Signé.

#### GÉRANDE (B. de)

5 — Intérieur breton.

## LINDEN (P.)

6 — La Libellule.

Peinture sur toile.

## MILLET (Genre de)

7 — Les arracheuses de pommes de terre.

## ORTMANS (Aug.)

8 — Lisière de la forêt de Fontainebleau.

## BERGHEM

9 — Berger et son troupeau.

Panneau.

## BOILLY (D'après)

10 — Le départ de la diligence.

11 — Portrait d'un seigneur. Epoque Louis XIV.

## ECOLE ANGLAISE

12 — Intérieur de cabaret.

13 — Louis XVI dans sa prison recevant la couronne du martyre.

## ECOLE FRANÇAISE

14 — Dessus de porte : Renaud et Armide.

## ECOLE FRANÇAISE

15 — Adam et Eve dans le paradis.

## ECOLE FRANÇAISE

16 — Portrait de gentilhomme.

Pastel de la fin du xviii<sup>e</sup> siècle.

## ECOLE FRANÇAISE

17 — Portrait de jeune femme.

Pastel.

## ECOLE FRANÇAISE

18 — Jeunes femmes en costumes de l'époque Directoire.

Deux panneaux.
Cadres en bois sculptés et dorés de la même époque.

## ECOLE FLAMANDE

18 *bis* — Portrait d'homme.

## BRAUWER

19 — Le Buveur.

## ECOLE HOLLANDAISE

20 — L'Alchimiste.

## ECOLE HOLLANDAISE

21 — Portrait d'une famille dans un paysage.

## ECOLE HOLLANDAISE

22 — La Marchande de poissons.

## ECOLE HOLLANDAISE

23 — Faune.

## ECOLE HOLLANDAISE

24 — Marine.

## ECOLE ITALIENNE XVI<sup>e</sup> SIÈCLE

25 — David et Goliath.

Panneau.

## ECOLE ITALIENNE

26 — Port de mer.

Panneau.

## ECOLE ITALIENNE

27 — La Vierge et l'Enfant.

Panneau.

Cadre en bois noir guilloché.

## VELASQUEZ (Ecole de)

28 — Le Géographe.

Peinture sur toile.

## MONER (Lauro)

29 — Personnages espagnols.

Deux aquarelles. Signées.

30 — Intérieur de cloître.

Deux aquarelles.

## TÉNIERS (D'après)

3 1 — La Danse au village.

Gouache.

## RENOUARD

3 2 — La Buvette du Palais.

Crayon.

## ECOLE FRANÇAISE

3 3 — Portrait de jeune femme — Charlotte Corday ?

Dessin au crayon.
Cadre en bois sculpté el doré.

34 — Six gravures et dessins divers.

Seront divisés.

35 — Deux gravures en couleur : Le Mal d'Amour
et la Jeune Fille découverte.

36 — Deux gravures en couleur : Le Bain de Paul et
Virginie et le Repos de Virginie.

## FRAGONARD (D'après)

3 7 — La Bonne Mère et le Serment d'Amour.

Gravures.                    Seront divisées.

## ANDREOTTI (D'après)

38 — Galant entretien et la Visite à l'Artiste-peintre.

# PORCELAINES, FAIENCES

39 — Cabaret en ancienne porcelaine de Nimphenbourg à décors de bouquets de fleurs, composé
de : un plateau, une cafetière, une théière et un
pot à lait.

40 — Deux assiettes en porcelaine de Sèvres à décors
différents.

41 — Soupière avec son plateau en ancienne porcelaine d'Allemagne ornés de semis de fleurs et
filets dorés.

42 — Deux vases balustres en porcelaine de Paris à
fond bleu et à réserves de sujets de chasse.
Epoque Empire.

43 — Assiette en ancienne porcelaine décorée de
Louisbourg, dans un cadre en bois sculpté.

44 — Deux vases en porcelaine allemande décorés
de bouquets de fleurs.

45 — Deux statuettes en porcelaine décorée : Jeune
garcon et jeune fille.

46 — Deux vases en porcelaine allemande à rayures
bleues et à guirlandes de fleurs.

47 — Vase avec arbuste en porcelaine de Saxe
décorée.

48 — Perroquet en porcelaine allemande décorée au naturel.

49 — Quatre petits Amours en porcelaine blanche de Berlin.

5o — Statuette en porcelaine blanche de Nimphenbourg : Pêcheur et tonneau.

5ı — Assiette en ancienne faïence de Marseille, décor de fleurs.

5₂ — Saladier ancienne faïence de Marseille, décors au Chinois.

53 — Saucière en ancienne faïence de Marseille, décors au Chinois. V. P. Couvercle surmonté d'un chat.

5₄ — Compotier en ancienne faïence de Marseille à décors de fleurs.

55 — Trois pots à crème, ancienne faïence de Marseille, décors au Chinois. V. P.

56 — Plat en ancienne faïence de Marseille. Décors au Chinois. Marque de la veuve Perrin.

5₇ — Plat en ancienne faïence de Marseille, décors de fleurs.

58 — Petit plat ovale, ancienne faïence de Marseille, décors au Chinois.

5g — Petit compotier, ancienne faïence de Marseille, décors au Chinois.

60 — Deux assiettes en ancienne faïence de Marseille. Décors au Chinois. Marque de la veuve Perrin.

Seront divisées.

61 — Plaque en ancienne faïence de Delft décorée d'un vase de fleurs.

62 — Cache-pot en ancienne faïence décorée de fleurs. Pied en cuivre fin du xviiie siècle.

63 — Plat en ancienne faïence de Talavera, orné de personnages dansant.

64 — Plat en ancienne faïence de Talavera, orné d'un buste.

65 — Deux saladiers de forme octogonale en faïence du Luxembourg, décor bleu.

66 — Deux corbeilles en faïence ovales et à jour.

67 — La Vierge et l'enfant en faïence de Nevers.

68 — Plat en faïence décorée.

69 — Plaque de faïence décorée : Vaches dans les marais.

# BRONZES
## OBJETS DE VITRINE & DIVERS

70 — Boîte ronde ornée d'une miniature « Nymphes au cygne ».

71 — Noix de prière en ivoire.

72 — Gravure sur soie. sujet galant.

73 — Flaconnier en galuchat avec ses quatre flacons.

74 — Fixé rond, sujet marine.

75-76 — Deux carafes hollandaises.

77 — Surtout de table en bronze ciselé et doré, de la Maison LINCHET, comprenant : une jardinière, deux candélabres, quatre coupes à fruits.

78 — Modèle d'armure du XVI$^e$ siècle en fer gravé.

79 — Groupe en bois et pâte polychromé : La Vierge et S$^{te}$-Anne.

80 — Boîte Louis XV, décorée au vernis de bouquets de fleurs.

81 — Grande lampe juive en cuivre poli à 6 lumières disposées pour l'électricité.

82 — Deux appliques hollandaises en cuivre poli et à 2 lumières chacune disposées pour l'électrité.

83 — Cave à liqueurs en acajou garnie de 6 flacons et 2 verres décorés de filets dorés.

84 — Statuette en bronze : La Fée. Signée : GERMAIN.
Edition THIÉBAUT.

85 — Lion en marbre.

86 — Petit lustre hollandais à 4 lumières.

87 — Deux chenêts en bronze ciselé, de style
Louis XVI.

88 — Petit bronze doré, sur socle en marbre, représentant une vache aux champs. Signé : CHEMIN.

89 — Bronze à patine verte : Chien tenant une per-
drix. Signé : ALBA.

90 — Tête de Néron en bronze à patine verte; base
en marbre blanc représentée par un chapiteau
ionique renversé.

91 — Groupe de faune et satyre en terre cuite.

92 — Vierge de style Gothique en pierre.

93 — Buste de jeune femme en terre cuite. Style
XVIIIᵉ siècle.

94 — Groupe d'enfants entrain de jouer. Terre cuite.

95 — Groupe de Bacchants en terre cuite et peinte
portant l'inscription : R. Uffricht modellirt
deponirt, 1768.

96 — Triptyque en ivoire, Marie de Médicis.

97 — Onze rouleaux de papier de tenture. Epoque
Directoire.

98 — Lot de frises. Epoque Directoire et Louis
Philippe.

# MEUBLES

99 — Meuble crédence en bois sculpté de style Renaissance.

100 — Table-console Renaissance en noyer à deux tiroirs, pieds reliés par des croisillons.

101 — Table Louis XIII en chêne à quatre pieds reliés par un croisillon.

102 — Console Louis XIV en bois sculpté et doré.

103 — Canapé Louis XIV, garni de peluche verte.

104 — Commode en noyer, époque Louis XIV.

105 — Glace Louis XIV en bois sculpté et doré.

106 — Cabinet italien avec sa table-support ébène et incrustations d'ivoire gravé.

107 — Console Louis XV en bois sculpté, laqué et doré.

107 *bis* — Commode Louis XV à quatre tiroirs ornée de poignées et sabots en bronze. Dessus marbre.

108 — Bergère de style Louis XV en bois sculpté peint en gris, recouverte en damas repsé à bouquets de fleurs.

109 — Bergère de style Louis XV en bois sculpté peint en gris, recouverte d'étoffe soie bleue et crème à bouquets de fleurs.

110 — Commode hollandaise, époque Louis XV en chêne garnie d'entrées poignées en cuivre.

111 — Buffet à deux portes et trois tiroirs en noyer et à filets en marqueterie époque Louis XV.

112 — Deux fauteuils de style Louis XVI en bois mouluré.

113 — Table ronde en chêne et filets dorés à tiroirs et à tirettes. Style Louis XVI.

114 — Console demi-lune d'époque Louis XVI en bois sculpté peint en blanc. Dessus marbre blanc.

115 — Commode de style Louis XVI en marqueterie a fleurs. Marbre rouge royal.

116 — Poudreuse Louis XV sculptée et laquée.

117 — Deux fauteuils Louis XVI en bois sculpté et canné, manchettes en tapisserie au point.

117 *bis* — Trois fauteuils en bois sculpté du xviii<sup>e</sup> siècle, garnis de damas rouge.

118 — Glace de la fin du xviii<sup>e</sup> siècle à cadre orné de plaquettes et colonnes en marbre.

119 — Commode-bureau à abattant et à trois tiroirs décorés de peintures diverses, xviii<sup>e</sup> siècle.

120 — Horloge-applique en noyer garnie de bronzes.

121 — Table-bouillotte en acajou et filets cuivre.

122 — Table de nuit en acajou à tiroir et rideaux.

123 — Desserte Directoire en acajou à dessus de marbre Ste-Anne.

124 — Méridienne Empire en acajou, à col de cygne recouverte en étoffe.

125 — Chevalet époque Empire, en noyer à ornements de cols de cygnes.

126 — Table-bureau en acajou, époque Empire, dessus à coulisse.

# TAPIS ET TENTURES

127 — Suite de cinq panneaux en imitation de tapisserie, à sujets représentant la fondation de Rome.

128 — 6 bandeaux en filets brodés.
Seront divisés.

129 — Dessus de lit en filet, à personnages et animaux.

130 — Dessus de lit avec carrés en filets et broderies.

131 — Cantonnière en moire rose brodée.

132 — Tapis d'Orient à fond bleu, orné de dessins géométriques divers.
Haut. : 4$^m$85 ; Larg. : 2$^m$3o.

133 — Objets omis.